解蔽

廖啟余 著

壞人懼怕你的利爪。
好人喜歡你的優美。
我願意聽人
這樣
談我的詩。

——布萊希特作，馮至譯
〈題一個中國的茶樹根獅子〉

剝除了舞衣

楊牧

大凡敏感而思維深刻的人提筆就各自勾繪著時間的面貌：過去，現在，未來，以及介乎三者隙縫，不能立即指認位置的，一些歲月光陰的虛實痕跡。廖啟余寫過一首關於時間的詩題目是簡單的兩個字〈懷人〉，乍看真不知道是甚麼樣一種好奇的心情，竟於滿滿的想像中拓植出他筆下屬於過去的，關於一個人的詩。他從豐隆的意象世界搜索現在，乃指涉人間的確存有一個過去，或隱約搖動於記憶深處，或其實就是不可懷疑的，就有那麼一個人：

重謄昨夜的詩
當藍天焊接著輕金屬

鱗狀雲掩起了寂靜的燒傷
那微弱的訊號

直接而且迅速的眼光從零亂的「一萬張鏽蝕的鐵床」那訊號收回來，「越過港區解體的汽車」帶領我們正視輕金屬如何變形，給出瀰漫的鱗狀雲那一刻，屬於昨夜已經完成的詩，終於證明技術上猶有待整理，必須加以重謄。不知道港區解體的汽車廢棄場除了環保回收計劃外，如何引導出任何不與鏽蝕，消耗，毀壞相牽涉的聯想，如何在詩思維的過程中產生懷人的主題？

我們記得四十年代的才子從懷人的題目延伸出松果和鳥翅的意象，當水冷魚隱，他們說：「池塘裏飄著你寂寞的釣絲。」一切都在憂傷和懊悔，在遙遠的記憶裏。曾經，詩在早年確實就是如此賦得的，關於懷念一個人或一些事情的詩，關於懷人，也許是昨夜草成的初稿，也許就是定稿，還須正襟危坐加以重謄，碰觸到鏽蝕，消耗，和毀壞的主題，從惡魔的過去輾轉進入現在，不可迴避的現實，還需要我們翻過來加以檢驗，賦它以文字的救贖。

以詩的想像無限擴充，時間在文字結構裏有機操作，不再是隱晦矇昧的概念。啟余寫你遠方來信，悄然棲息於松林裏寒鴉歸處，敲響秋的聲籟，以夏天的餘韻，一室溫暖的黑暗，正足以讓你慇懃佈置滿窗星，提示友情。或者寫冬至日光最短，最淺，石窗檯上時間的動靜，才發覺為甚麼沒有你在這連續的天與地之動作裏溫馨現身，甚至也少了一個我作見證。或者，其實是有的，夏日黃昏所見：他在蟬的鳴聲裏看見翅翼震動，俄爾停止，而那何嘗是你肉眼之所能及？復於流轉的小小溝渠裏，當淪漣清水且隱且現之際，看到頻率裏有夏天的歌。視與聽感受的光影或音響雜沓來襲，適為我們超越的感官分別截獲，一舉放置在心神深處盪漾出一種互相照明彼此交集的效果，如波特萊爾在森森的林木中聽見莊嚴的深綠，啟余在停止了的蟬翅裏聽見暖暖的水聲，詩成時他說，那就是他「夏日黃昏所見」。

時間如此，空間亦然。彷彿看得見的是印度洋遙遠的海域有一港灣裏必然停靠著貿易船的國度，雨林溼熱，各種耀眼燦爛的水果，不久前的過去和現在和未來實行著民主政體，如此尊嚴，如此難以想像，真實髣髴在濃厚的煙雲之外，惟有當她在大樓高處帶笑容將酒杯擱下時，「冰塊輕碰，列島細語」，遙遠空間的港灣和所有附帶的溽熱與光亮，甚至深埋記憶裏的衝突和妥協等等都化為沁涼的酒杯裏冰塊搖動，叮噹作響的聲音，象徵著什麼高傲與謙遜，在天之涯，系列島嶼輕聲對話。但海上的心情真實或虛假該如何取捨？或許詩也有欠缺甚麼就更令人傾倒的時候。不知道〈黎明前的航行〉又如何？

當然的離開之前
才張臂迎接了海的寬廣
調度鷗鳥起降
清冷的晨風中頡頏……

就有一些長久以動詞身份進出舊籍新書的複合詞，在啟余筆下先後轉換了既有，化為抽象名詞，接受無預感，迥異的文法負擔。

啟余在詩裏為人物造像，有時不辭情節破碎或場景跳動，只待詩思尋到有機完整的線索，輒見相關角色從容出現。所以我們就看到無端漂泊的廖金雄，以多樣不安定的命運零零碎碎襯托著登台，傷感抑喜謔不得而知，但性格維持在人生戲劇大幕前，過目不忘；我們看到晚霞餘光裏走出學院，沿著野花徑散步思考著《愛彌兒》的伊曼鈕爾・康德，縱使細節可能偏離了哲人傳記，那畫像油彩深淺濃淡是啟余獨創；適時翻過一頁，就有我們看到從俗世界跌宕進出，猶不知如何皈依他的神，法號喚作虛明如來佛的那麼一個人悠悠現形；而遊移於現代世界和福音書之間的阿奎那又當何解？開車裝載「一卡車虛構」的「文字配送員」呢？他們的下場如何？即使啟余並不曾為每一個角色安排「歸宿」，那些人物投向的背景始終是分明的，即使詩人筆下所繪的形象可能也只採他們個別的側面——但啟余何嘗不也有直取他們正面臉譜或甚至動手挖掘他們心理和精神深處的時候？

的確，在他筆觸迴旋之餘，我們看到〈子夜歌〉這樣一則古舊的民謠題目被剖析鬆漆於現代詩的火苗下；而晚間路過的城鄉，熟悉又陌生如〈十年〉裏你我偶然的傾訴莫非也帶著細緻的啜泣，否則就是因為那蓄意放縱一時如戲劇獨白使然？

因此才有詩人筆下正面和反面輪流等待登場的人物，如此豐滿或瘦削的造形，而無論正反都一樣完整，有稜有角，這裏就不是上一代詩人擅場的側面寫生而已。這裏，他們挾龐大的時代聲色為背景，有時是神學院枯藤分割出來的牆裏牆外人，有時是憤怒呼嘯聲中迅速交代完成的五月四日，聚集在被鎮壓的大宅院裏的學生群眾，時間與空間轉折緊繃，以嚴謹的聲籟和變化的光影安置一些歷史的與哲學的場景，用以詮釋古老的神話：

裸體真好
我不需要隱喻

絕無悔意的大衛還是簡單地使用了一個隱喻，「像一座硬梆梆的投石機」將目光有意無意地朝那些特定的方向擲去，為了引起美麗的騷動，或是殘忍的，在古老的希伯萊聖書裏。於是我們回頭看時序分明的〈法蘭克福，一九三三〉，才發現這其中早已糾集了許多神話，和歷史，為了詮釋綿亙無盡的哲學，批判對方率性切割下來的教條。

然而，那只是昨天，除了抒情和敘事，必將還有一些戲劇演出吧，以詮釋古典的形上學之類：

終幕還是輕笑著
剝除了舞衣，舞者還不會死、
只是與黑暗嬉戲著。

二〇一二年二月台北

剝除了舞衣／楊牧序

黑鐵

白銀

提筆

今日擱筆
樹苗展開鋒銳的綠葉
藏起逝者的甲兵

今日擱筆
惡意裡粗啞的聲部得勝：
晴窗、黑髒的舊窗格

空洞眼眶，稿紙格子
你填上了哪一種眼珠子？
陽光滿室重金屬
前日擱筆、昨日擱筆……

今日擱筆
點閱戰地照片誰需要你？
誰不是自己死的大師？

災情

愛情來了
祂的餽贈擱在階前
一簇新的紙袋

那封著什麼活物、
養在過哪些廢棄的空房？
金屬門的凹陷妳喜歡嗎？
暗影櫛寄生

充當了小神龕妳不喜歡嗎？
並排好鮮艷的果實
同刀具　聽祂預言幸福：
晶瑩汁液噴濺又或者表面流淌
抽出　則幽深俐落之傷

虛無

大氣裡的水蛇
它們知道過什麼柵欄？

風、螢火蟲有一些
叮嚀：
「莽林已監看著你
當渾濁的雨調整了時差

鋒利的葉
在對面承受無光的眼神。」

如今竟是心刻滿軌道
被陌生的天體挑選，
就悄悄晃著　像替燈罩裝罩子
那樣戴上了寬緣的帽子
回家按門鈴

那祂一定很醜吧？
你不介意玄關被打濕的
乃至發覺祂缺少五官
手背長滿鱗　而沒有手指……

粗藤

牆角嫩莖游移著
順著雲影花紋
讓老舊的日子結出果實
牆角是嫩莖摸索著、
纏繞刀鋸而粗壯
讓陌生的日子也結出果實

焚燬的瞳孔都觀察到了，
深冬稀薄的光
令她們增生　骸骨般懸掛著

粗藤編荊冠　粗藤
又教誰果實的重荷之歌？
偶然聆聽一把豎琴爭奪著
被滿滿整牆的粗藤
你果然就聽出花是沒有的——
火的硬塊、刺的鐵衛
果實纍纍是一切廢弛的日子

重膳舊作

給情誼、孤獨
你還想談些什麼呢？
當暑熱分解為鮮豔的色澤
對街誰搭著電車
抵達了市郊的海水浴場，
「十月了其實並不開放……」
「十月了只剩些紀念品還在賣……」

卻別懸著吧
若拎回小小的風鈴——
免得又散步在橙亮潮水
白沙灘　久遠的浪花與爭執
那已很陌生的、
竟夾有深深折頁的……

虛構

關於海　關鍵時刻
浪花及時回湧的海
妳知道什麼呢？
攜來經驗　啟迪了沙灘
的海　來說
這都是真實的
這些經驗都是真實的
讓出神的腳踝滲涼、沾著沙
湧回了浪花　之外

妳還期待什麼呢？
憑浪花猜想海也呼吸著
海猜想、還期待著
沙灘摸起來像什麼
值得餽贈什麼
沙灘燒著漂流木　啪嚓、
啪嚓　黎明空船覆著
淺淺腳印掩著
的沙灘　妳走路
走來交換禮物
及時湧回了　那一部份的海
在關鍵時刻

林地

抵達了萬物的根
隱匿之水它是銀白色
前進時　像齒輪扣搭著齒輪

都精鑄過了
好消息總是小聲、新亮
新亮的小葉子

近況

明明暗暗　挪過橋墩
是風啟動的潭影
是蘆花裡的涼灰色
淺淺的水聲……

獨通訊設施仍保持運轉——
虛無的日光熄滅
於潭底仰聽潭面以上的山林

那是溫涼之間、夢之間
距晴空稍遠的音源：
鏗鏘夏燄重鍛於金箔
臨水一枚秋楓

將有重重林蔭　妳曉得
烏雲下點綴著紅蘋果
一切妳所不曉得
留待原諒與遺忘裡說

簷雨

下雨了
輕輕巧巧
思念已滑落葉緣

它到過空房間
偶然涼風
一滴滴倒映了瘦竹、
破荷遠些　蛙鳴在對面

它來過妳房間
紙門裡果真比較暖
而風鈴……？
……有茶盞的寧馨。

舊日

1.

蝕透山壁
是泉水汩汩
朝下巉刻的山巖侵襲

你也聽見了嗎？
林業的寂靜
橡樹們正銷毀一幅幅年輪
先於坡地龜裂、那龍牙
竄生逝者的甲兵：

「我不原諒。只是
　我從來就不曾原諒。」

2.

傷兵擠同一張長凳
與他們的傷

圍困在器械的冰涼
與破損　日曬也將依約
移出它暫駐的手術房
為了封閉　才裝設這一道門
的雙手已疊放胸前
窟窿形成　黑暗也已擘造創生
屋角堆放的是身體吧？
卻給白布掩著

青春期

屋廊外細雨
溼潤也寂寞的紫荊
耐心開出了一柄白傘
自女學生的手
〔隨著鏤空的花紋……〕
雨滴著。制服的熨褶
那疲倦多精細

依稀火焰的小瓶子
她散心邊哼著小草地之歌
「踮著一個新埋的夢，那花紋……」

褐綠的蕨葉一無性徵、
傾聽著　手腳彷彿
都與她疊著當這一種光學調整：
鑲祭壇玻璃彩繪
「蠕動著骯髒的花紋。」

畢業典禮

寂寂鼓動的雷雲
傾斜在學院濃蔭的門階
有蜘網剛焚燬於風的高熱
「忘記攝影也好，但牢記
妳曾這樣愛攝影……」

這一刻力持崢嶸的深綠
簷廊護定了空教室噢雷雨，
到階前凌亂的鐵椅子擊打出聲

這兒是標本房。
雷雨後的水窪金亮，
天使在液態裡
下載了瘧疾鮮艷的基因——
廊外大氣勻整、日光解離

樹下的決鬥已告終
佛朗明歌紡出了大塊暗影
分割一件花襯衫
匕首的涼風裡
卻是這樣安靜的居民：

痛苦是隱微的、發著光
〔是截肢手術的傷痕〕
像死者從未離開
笑容是隱微的、帶著霜
〔裝上義肢，是這兒每一個人〕

暮夏X初秋

這是誰的野地？
昏暗得像磨損的石材
亂枝的林莽像神龕
維持了暑氣低啞的聲線，
那些空巢……

樹頂有日射的刻痕
風乾的花莖　草的灰燼
仍停留在生長線
凶獸於是明白
這回狩獵是怎樣挫敗：

渾濁的、深沉的海
〔牠緩緩湧起的墓床〕
辨認一坍毀軍舍
點點渾濁的、溫柔的雨
〔為了牠，才悄悄開始商量〕

純粹理性批判

燈球們會架好了星座的……

這排廊柱、門拱
拂著葛藤葉形的晚風
像遺棄的船帆
擱淺了鐵床在潮間帶、
房內長長的沙灘
隨這樣寂寞的戰事推移、推移著

及於長久，到時
他一定能穿好軍靴的
點燈出玄關，走下學院
沿這段小簇小簇野花的石級
「決心當愛彌兒吧……」
的伊曼紐爾也喜歡散步
伊曼紐爾為小鎮的晚霞報時
「設想，因此時間不變，且無所更迭……[1]」
攤開《純粹理性批判》
它陪你端詳簷前的樹影縱橫

1 【德】伊曼紐爾・康德（Immanuel Kant）著：《純粹理性批判》。轉引【德】Hans Michael Baumgartner著，李明輝譯《康德【純粹理性批判】導讀》（台北市：聯經，1988），頁87。康德終身於東普魯士的哥尼斯堡定居，生活極其規律，除某日閱讀盧梭所著、譴責教條與灌輸的《愛彌兒》而耽擱，康德在午後都準時散步。

遠些　是葉蔭的眼全盲
遍在的夜暗
「當然，那是同一種生活」，
你輕輕補充。

夜色

草叢
小小的露珠還猶豫著
它一加入　黑暗就將完整
單音依附它
就將阻絕了和聲

螢光幾無神識　幽亮幽亮
勾勒著激湍白銀的耳廓

懷人

重謄昨夜的詩
當藍天銲接著輕金屬
鱗狀雲掩起了寂靜的燒傷
那微弱的訊號

越過港區解體的汽車
（那訊號……）
越過一萬張鏽蝕的鐵床

南無虛明如來佛

後來法號虛明如來
的那個人　就住永和巷子裡
他不讀現代詩
他喜歡台語歌和甜食
因為生活是快樂的
生活種滿菩提樹
到處去挑戰不快樂的修行者
這些娃娃——

葉子嘛，先學學發亮
老實的就成全人家作樹根
還有只愛哭鬧的
云何應住？難過的時候
騎野狼一二五載人家看看雲嘛
懷裡的小孽徒
來，兜兜風，別忙唸佛

那時他初轉法輪。

聖誕夜

細白的窗框深處
阿奎那翻開了福音書
今夜農奴們總還記得禮拜
卻燭光前打盹
才剛回來呢　那馬廄
已經是捷運站對街的建築……

又一年　我們將沒藥移開唇邊
令語言長出長長的釘子
令更多罪人聚集在此——
直到那婦人捧著禮物經過
而孩子窗前呵暖
戴一頂賢者樣式的帽子

題大衛像

裸體真好
我不需要隱喻
還拿彈弓咧　又不能穿
迎接羞答答的目光
我仍然像第一次
像一座硬梆梆的投石機
拋擲我童貞的目光到面紗下頭
為俊美的少年王渾身發燙

作我的婦人吧　讓我的子嗣
爬出妳們血淋淋的子宮
去淨化舅家的子嗣
耶和華教我寬恕鄰人
一如米開朗基羅後來教我的：
把仆倒的歌利亞斬首
才伶俐伶俐地站到一邊

明信片

他水塔上的雅房
一定要轉租一位拘謹宅宅
盡責代他所有的班、
掃墓、團圓飯
而自己就出國去
嗯……法蘭西賣賣鹽酥雞吧
新亮鋁鍋回鍋油
即使林泠被調包林泠、

邱毅變身邱義仁
依然是重鹹人生各各一大塊
胸臆中大風也吹不翻
生活即藝術
這會兒他得替每一個人生活
但不許告別：「想你唷～」
投進郵筒接下來
到雅典應徵懂哲學的傭兵？
到巷口再一塊老雞排？

腳踏車

一過水溝蓋
它就忘了自己是白馬
又「嘰——咖噠咖噠！」
我就讓這排教室瞧瞧
它帶我飛
無敵的加速器
踩啊踩啊，拐彎——
制服臭一定會追到馬尾

香的　整齊的手帕
一顆乾淨的心我也有
何況不死的心？
我揮手　妳也招手
卻是公車開來了我前頭
妳點點頭原來
趕快趕快騎我就能載看看妳
菜籃就女中書包
把手兩杯飲料
買滷味、紅燈右轉趕補習
但今天不行。

思想犯

改造之路尚且遙遠
但我坦白
彈奏了破敗的街巷
那首底層的貧民窟之歌
陽光顫抖的手指不屬於我
怎麼聽　雨露的音階都不屬於我：
徒勞是我日日啜泣
若非神秘的管線接引
給雙耳灌溉、一朵朵花開

到時妳們不妨也聽聽
誰一聽
就聽清楚了自己聾啞
〔聽聽幼兒學語、彌留者呻吟〕
擴音器不曾對著它
〔對著燒瓶人種學、夢境地理〕
它也沉默　它沉默
再聾再啞我也要作詩人

我歌唱，
認不得布希亞、克里絲蒂娃與傅科
我不是妳們隨便哪一個

子夜歌

彷彿回憶的銀線
（才離開你一秒鐘）
曾經烏雲的絨緞間旅行：
枚枚滏亮的燕柱
的雨　街燈、天線與
鐵欄杆的雨
驚醒了天使或不驚醒
時間的空紘，遮覆著

翅翼與翅翼的邊緣
貓的雨、女兒牆的雨
細細增添了黑暗的重量
或不增添——是同一種樂器：
許許多多繭、
空的心　像棲息著流螢
像床緣水杯的玻璃
光影下滲　成為窗格
鏡映像虛構的雨
成為你　雨佈下鏡相
︹才撥絃彈一個音︺
就全幅委諸泥濘

冬日清晨

燈球輝煌
電話亭的雨
仍然銀睫毛的夢境

「一些星系剛展開今日的戰爭……」

綠地架起了小小天線
這玻璃建築
晨間彷彿羞怯的群鹿

黎明前的航行

當然的離開之前
才張臂迎接了海的寬廣
調度鷗鳥起降、
清冷的晨風中頡頏……

此刻再無誰與誰的並立；
暈染金燈的港
再無潔白的眉輪骨作圓心

目光為半徑　細雨在洋面草稿、
測量航程　又眷眷於航距

一些碗碟與槳、一些糧
才告別　少年少女就已四散、
夜空成為星星
以對應換日線的群島
或已霧的裙擺輕攏
或為雪覆蓋
直到出發

海等著
但音樂仍從巖下沉船的水域昇起

那是安靜的　近乎晨曦
一無伴奏的樂句

溫柔

當妳更年輕
親近的事物侍衛身旁
卻想保持無關
就像這張偶像海報吧
暖暖的海風翻著、
沙沙響著　在西曬的空教室
︹那人笑得多安靜︺

褪色、或者
破損他明白這一種自由

廖金雄

舊火車叮叮噹噹
這麼鏽窗下開走的那幾年
蝴蝶結都繫在樹頂、
小套房外面
替他眨美麗的眼送行
褪色的有時他就解下來
去換酒　醉了有時就不作工
但幾天就拜一次王爺吧

穿緊身西服，納悶的廟祝
總問：「想求發展亦是姻緣？」
隨他揉了詩籤
起起伏伏走在青年路：
鎮公所、芋仔粿，賣麵羹的
同學在顧囝就朝她揮揮手，
在對面的日常生活
若忘記緞帶
轉去遠遠的文具店也要買
那麼　夜深了就能說：
「恁去台北，不過我尚『漂泊』。」
邊繫上祝福的心意

邊想起返家的半途經過護專
多情的月娘還送了一段

世界盃清晨

輸贏都是同一顆球
煎蛋也有兩面
但四年了夢才這樣清晰
讓小七工讀生也有了秘密
長長的夜班呢，他說
恭喜或沒關係還能有什麼話
更適合妻睡醒之前？

你邀他到店門口抽抽菸

瑞雪

十二月　禿樹們
在人的意念結出果實
穿過陰暗的路
整座秋天　野獸們
化成骨骸裡的大提琴聲：

深淵已回到天空
諸神的巨蟒穿透雲層
變成金色

如果敵人來了

——二〇〇八年十一月六日《蘋果日報》訊：「馬英九總統今將接見中國海協會會長陳雲林，民進黨發動十萬群眾在馬陳見面所在的台北賓館附近圍城遊行，而國民黨主席吳伯雄昨在晶華酒店夜宴陳雲林，綠營率五〇〇名民眾佔據進出要道，對賓客吐口水、怒罵『台奸』，猛力拍打車輛、砸雞蛋，陳雲林被困在晶華，據轉述陳表示『我不希望看到流血，寧可等。』直到今晨一時三十分仍無法離去。警昨與群眾爆發數波衝突，有警察被圍毆倒地，也有綠營民代與民眾被警察打到流血，為近年最激烈警民衝突。」

如果分享過敵人
執汽油彈的種族就能相認
如果他來
獻花卻拓滿黑掌印
那是牠們已抬起屍首
假扮人類行軍
卻空無所有——一被打倒
這些驅祓過的身體
像睏乏齒輪發散出煙霧
像照亮蛇籠、拒馬閃電的孤獨
也照亮琉璃瓦　在紀念堂

中山服的亡靈們
像日語、台語的敵情沒破譯
就仍淋著喧嘩的陰雨
那樣濕冷　滲進血的燒傷
匯聚到鎂燈的視覺暫盲：

標語嗚笛壓克力盾牌警棍、
黑轎車　歷歷槍決的彈痕

五月四日曹汝霖府

——一戰結束，戰勝國於「巴黎和會」商議權利；非但敗方，德國的山東租借地逕讓與日本，後者於中國單方面的「二十一條協定」也獲承認。得知曹汝霖簽署屈辱之約若此，北京學子莫不憤慨，火焚曹宅，並串聯全國示威、罷工。一九一九年五月四日，救亡憤怒、啟蒙虛無，稱五四運動。

我明白那些抬棺人一樣的衛兵
我會使用衛兵的武器

我同洋大人握手隨他說
我的黃土開花也是土黃的
我同胞四萬萬愚昧也是土黃的
我革命不流血
我喜歡線裝書灰燼的氣味
我喜歡租界地炮烙的火
我猜巴黎和會都是些商人
我恨商人
我恨劫掠山東不能由中國人
我恨毀滅中國的不是我們
我就是我們　加入我們
我革命絕不流血
我燒了屋走出凋蔽的鄉野

我聚集在我被鎮壓的大宅院
我剛喊「不流血！」就明白了
我屍體將給澆上汽油
我幹嘛不先點火？
我的手雖也曾握手
我照樣點火
我曾一隻隻同畜牲握手
我是畜牲
我們教漢奸曹汝霖同洋大人握手
我們在中國全都是畜牲

冬至

這天日光最短、
最淺　窗檯的正午
它卻直曬著一株盆栽：
綠葉與莖、濃影
、黑土。石窗檯
等寬的日曬
已佈置得明明暗暗
接著下一株……

一點一點
薄薄的日光透進來　像劍
暖暖的像皇冠

浮生

倉促成詩
形象又開始流動
那時他戴上了黑禮帽
在熱帶小城旅行

正因其中思想　彷彿
另一現場　屋內黝暗安穩
臨窗有些未收的碗盤

顯然吃喝甚慣
幾無主題在此結構

雨漬斑斑的山寺長階
他經營的在焉陳列
日照點滴灑下　既而輕晃
些許終與樹影重合
雲朵寂寂　有時
喊不出它們的名字

遠方家中那些異名花卉
他默想曾有蜻蜓

也短暫失神　而剎那
昇高往虛無大氣裡

遠遊

初秋的街燈群
是星空的階石

是胸口一株南國大樹
還懸著鮮艷沉默的果實

夏日黃昏所見

當枯白的樹梢變得細黑
調整隱密的天線　紛紛
當熊蟬們停止了震翅
雜訊怎麼微弱
仍留著，從小小的溝渠
坡地緩降
暖暖的清水流轉著
幾幅刺繡乃光影之遺

隱現、淪漣——
這一段才剛剛移開了覆磚
聽
深深音頻裡
它輕輕唱著夏天

音信

遠方你擲來的音信
緩緩停棲在窗前的松林
寒鴉歸處，詩人回眸的
一節枯木上
同時鼓譟以秋天的音響
並押著夏天的韻
我不記得——

究竟你只是懷念那草原，
或者
你跟隨草原之風來到了這裡

總之　你累了罷？
我留下一室溫暖的黑暗
與滿窗的星光
供你旅行

新加坡

近海停著貿易船
暗紅的小燈
彷彿想像力就能令她眨著眼
美好譬喻　雨林的濕熱
該有椰子香蕉芒果
鳳梨　槳開墾著海面
朝岩岸那一頭她們在傾聽
直到燈塔描繪出內戰、

民主政體與金援
像一面又一面落地窗：
在頂樓酒吧　誰不夠美
恐怕懷著偏見談笑著這些名媛
她們擱下高腳杯
冰塊輕碰、列島細語

一首一首詩

1. 一首詩

黎明他才睡。
充當過眾人的夢
露珠在他長長的睫毛
鐵窗欄的黑線條

佈置了今日的機械鳥
闔眼前他數著
數一隻
是新世界的住民又多了一個

等一截曬衣繩挪進來晨光
等一種誤解
像未爆彈的鐵殼
令自己溫柔而強大
只為一個人流淚
要一個人寫詩

這首詩寫一個人

他生活
有時也拿到一隻筆、半張白紙

2.另一首詩

小社區藍天
有白白的雲作海島
陰暗的書房就吹著海風
有了海螺
從天線
夢何其鮮豔
終究得想像的深海回歸——
向嶙嶙的珊瑚礁結構。

它必有工筆
以演示凡極卑微的
總憑藉生理學的優勢
將詩作之完善延遲再三：
生活乃詩所剩餘？詩勝於
晚霞的陽台眺望
這些炸黃金魷魚的雅典人？
煮海產粥的菲尼基人？
烤蝦的愛奧尼亞人？
輝煌夜市慢慢浮現如古大陸……

3.末一首詩

霜天曾飄滿冰屑
黝黑的林枝
低空的捕鯨網
這些活生生的烏雲給拖行著
是這樣嚴整的寒氣……

水溝爬出慘澹的小花
影翳擴充了幅員
死蕈的重荷、腐敗的葉
大的涵洞裡保存亡者若非
有睿智的亡者並肩……

轉徙乎顱骨的磷與犬齒的鈣
如何你頌讚一鈍響：
歷歷奧丁的劍戟
是銀亮且赫赫無摧折
簇擁理學院枯藤的牆外……

法蘭克福，一九三三

——一九三三，希特勒當選德國總理，法蘭克福社會研究所多為猶太人，紛紛流亡蘇黎士、紐約、巴黎。傾力批判了啟蒙神話的他們是：霍克海默、阿多諾、馬庫塞、班雅明，世稱法蘭克福學派。

那時　正要收拾社會研究所吧
書箱裝滿書本
彌賽亞黑暗的燈
已不潔的門楣掛著
像一隻手　就組成了秘密政府、

紅海分開命我們牽起手——
又要流浪了。
流浪只是琴音散失
闔上鋼琴　朋友　我們就告辭：
「終幕還是輕笑著
剝除了舞衣，舞者還不會死，
只是與黑暗嬉戲著、」
一起生活著……直到逾越節
把回憶留給你們
那時　正要成立社會研究所吧

一九二二　威瑪空氣金亮[1]
油墨拓下了俄文
仍舊沉甸甸的戰地報紙：
「……恐怖的時代，
　怎麼做都是恐怖攻擊，」
配合亡者起居、
一起生活作最最完美的種族
已國會大廈大火
未來　就是元首的藝術——
逼視天使之美　grand jete
戰慄的舞者啊妳們

然後是獻身……為了形上學
把啟蒙留給我們。

那時　正要關閉社會研究所吧
唯貓頭鷹在窗台：
「神學家撤出了耶拿[2]
　得率領幽靈，到極西的大陸游蕩……」
如同窗下的暴民絕無影子
卻砍燒心靈的霜枝那人
軀榦頂端　已停滿截肢的天使

1 即威瑪（Weimar）共和，為一戰後建立的德意志共和，其實質運作僅維持十三年，希特勒當選總理後告終（1919-1933）。

2 神學家即黑格爾，在此執教期間，倡言美學拯救（1805-1807）。

將我們深視
這一部分的深淵是否
瞳孔的金焰像燭焰、
燭焰的瞳孔沉著
就像勞孔[3]？靜待這書房棄守
讓奧許維茨[4]的抒情詩
祂精鋼之羽再鑄：
「你必歸來，構造墓銘與墓磚——」
懷著骨灰踏上泥濘
的廢履帶要回到法蘭克福

牽起手吧，
我們是法蘭克福學派。

3 勞孔（Laoccon），特洛伊人，為蟒蛇絞死。今有塑像，藏於梵諦岡博物館。絞殺間，其面容寧靜而專注，藝術哲學頗富討論，

4 奧許維茨（Auschwitz），在今波蘭南境，希特勒曾在此建立集中營，殺害猶太人逾一百五十萬。

敬答徐復觀老師[1]

1. 1964 A.D.

〈回答我的一位學生的信〉
我已讀過　殘夏流火
開出漿果的碎花
讓她們的林蔭都長成巨樹
那樣地孤獨　葉隙流火的殘夏

的倒映是晴暮星空
一架架星座　是殘夏
流火與全然隱蔽的戰爭
同昔日佩黨徽的志士
〔陳誠將死，張其昀[2]王昇[3]
與經國將全力輔佐蔣先生……〕
與燒舊書的聖人

1 徐復觀（1903-1982），儒學大師，十分不齒時人崇洋媚外之風，斷言彼等無從辨別良莠，終至引入現代主義，毒化民族心靈。〈回答我的一位學生的信〉概略如上，發表於1964年12月28日《學藝週刊》，收信人即王靖獻，東海大學期間曾親炙於徐復觀；時初赴美攻讀碩士。

2 張其昀（一九〇一～一九八五），一九五四～一九五八年任俞鴻鈞內閣教育部長，曾行文威脅東海大學解聘徐復觀。

3 王昇（一九一七～二〇〇六），一九五七年任警備總務政治作戰局第二科科長，一九五七～一九六九年間因徐復觀執筆論政，乃派出特務人員入東海大學跟監。

（雷震[4]下獄而胡適[5]猝逝
殷海光竟登報「自負文責！」[6]）
因黑暗不能以黑暗征服
殘夏流火　數點微明
文學必不隨媚外主義偕亡
是即便說洋文仍依託於大地
即便化作流螢；「回來吧，葉珊」，
您說，「回夏夜富情誼的大度山。」

2. *1972 A.D.*

〈回答我的一位學生的信〉
我反覆讀過　殘夏流火

運行在霜餘的木葉
瀕危的意志與美的可能
抒情我有些猶豫
陣亡名單不就是一首詩
日蝕的曝曬不就比流螢堅持
一如古典　現代主義
的文學史仍舊殘忍無根據
總吝於保全最偉大的人——
獨哀歌與頌詩

4 雷震（一八九五～一九八一），《自由中國》社社長，一九六〇年九月因籌組政黨，下獄十年。

5 胡適（一八八九～一九六二），五四新文化重要推手，一九五八年起任中央研究院院長，一九六二年初與同仁茶敘時，心臟病突發去世。

6 雷震組黨被捕後，殷海光（一九一九～一九六九）與《自由中國》社同仁隨即連署文章，發表於《大公報》，於當局嫉恨的文章聲明「自負文責」。

像晚霞紫金的大翼流火
殘夏的巨樹上遠逝，換了時區
黑暗就是聖者行走的大地
結束地獄的戰爭吧
老師　但繼續諸神的戰爭
直到那林蔭石拱門
較死亡是更加嚴整誰又敢說，
道德的就不藝術？
我不心服，老師，我是楊牧。

深夜高中校園——與逝者學妹的對話

Chorus：

神話之雲雀已紛紛離枝
到解體的雷雲間築巢

學長：

雨停了　教室裡有妳。
窗臺的螞蟻們又開始搬家
蜻蜓水窪上飛、阿喵在打獵

而眺望滴答滴答的濃蔭
這都是看不見的
除非妳也成為黑夜……

走廊淺淺的影子
是燈蛾輕撼著窗玻璃
但「再怎麼亮都是盲的」？
勾描了枚枚新葉，是的，小雨珠
終於也濕冷的泥塘安住。
倘使妳也成為黑夜……

學妹　生活不需要贏
笑淺淺的就足夠是綠地

迎接失敗者來睡眠
像以小紙條寫滿了一切妳所憧憬
也不撐傘　當虛無的暮雨
來　與我交換黑暗的眼睛

Chorus：

暗雲沿禿枝已滿是裂紋了，
曾傳出低啞的蟬聲

Chorus：

稚氣的星星們
尋求著稚氣的眼睛

學妹：

菩提榮枯循各自的週期
老葉新葉
同一幅林蔭由你
幅幅倒映中編織迷宮
像水窪之積澱、雲的纖維
是些虛構的花朵……

菩提榮枯循必然的週期
枝榦錯落
像金暗燈暈的落地窗
更外　尚有執劍的石像群。
你得走進空曠吧？

那麼，他們戒備著你……
了無週期，菩提榮枯
就未必。強光像暴力的歸鳥
迫擊操場的鏽籃框
滅沒　煉作煤礦
是節節貨櫃追趕著火車頭
你是我的學長？

Chorus：
矮牆斷折的粉筆線
伸高　連綴著星座的虛線

十年

寫詩十年了　朋友往往說：
「當年我也寫詩……」
那些年寫詩就只有筆和白紙
頂多排作鉛字　就這樣
讓所謂正經事
總是一份全職的零工
而岳母也能搞懂我的工作
其實「文字配送員」不也好懂？

反正都是沿產業道路開下去
開下去　一卡車虛構
儘管是難駛一點
但山區怎麼黑也會有7-ELEVEN
遠遠一枚燈球，然後
明亮的店面移過車窗
那工讀的身影移過車窗
然後車窗的後照鏡小小反光
沒入林莽　與夜暗相推移

然後我想著妻

完成

寂靜就是樂器
當雷雨取消所有的樂器
樹椿蓄滿激昂的水銀

我能寫什麼詩呢？
我有何才華
配得上初初寫詩那些人
的勇敢？我多讀書。

讓閱讀的美德
把一本本書變成這一本書：
靜態的均衡也不過技巧
紀律不殘忍我不想要
經典裡求存得謙遜
又狡獪——我不畏策杖而行
我全部的詩藝就是衰老

仍有新的樂器
抵達了鐘樓，是寂寞的雨
在高處預備赫赫的黃金

篇名	初作	定稿	備註
夜色	2007/5/26		2008/7/10人間副刊
林地	2007/6/20		2007/12/27聯合報副刊
廖金雄	2008/3/9	2009/3/20	
冬日清晨	2008/12/22	2009/11/4	2009/1/11聯合報副刊
純粹理性批判	2009/2/26	2012/1/8	《文學人》2010.冬季號
近況	2009/10/26		
冬至	2009/12/22		
子夜歌	2009/12/29		《台灣七年級新詩金典》
南無虛明 如來佛	2010/6/10	2012/1/8	2010/8/17自由副刊
十年	2010/7/3		
世界盃清晨	2010/7/8		

諸作繫年

輯一、白銀

篇名	初作	定稿	備註
簷雨	2000/7/7	2009/11/6	
音信	2000/7/17		2009/9/20聯合報副刊
黎明前的航行	2003/12/5	2012/2/11 三修定稿	
懷人	2004/5/22	2009/4/23	2004年教育部文藝創作獎優選
浮生	2004/10/16		《幼獅文藝》2005.Jul Youth Show專欄
溫柔	2005/6/5	2008/5/4	
新加坡	2005/08/13	2012/2/16 三修定稿	
聖誕夜	2005/8/27	2011/12/20 五修定稿	2005/12/24人間副刊
夏日黃昏所見	2005/10/4	2008/5/3	《幼獅文藝》2011.Feb
遠遊	2005/12/8		2006/3/20聯合報副刊
虛構	2007/2/27	2008/5/12	2008年政大道南文學獎 現代詩第二名
重謄舊作	2007/4/17	2009/5/6	2008/9/7聯合報副刊

篇名	初作	定稿	備註
〔初秋〕	2008/9/29	2009/2/21	
〔暮夏〕	2009/8/9	2009/9/20	
一首一首詩〔一首詩〕	2009/5/8		《風球詩雜誌》2011.秋季號「伏流」專題，合為〈一首一首詩〉
一首一首詩〔另一首詩〕	2010/3/2		《風球詩雜誌》2011.秋季號「伏流」專題，合為〈一首一首詩〉
一首一首詩〔末一首詩〕	2010/3/26		《風球詩雜誌》2011.秋季號「伏流」專題，合為〈一首一首詩〉
完成	2010/5/13		2010/9/10聯合報副刊
深夜高中校園〔學長〕	2004/7/31	2009/10/30	原題〈夜入高中校園〉
〔學妹〕	2010/5/20		
敬答徐復觀老師	2010/6/15		《台灣詩學》2010年「小說詩」專號、《台灣七年級新詩金典》
題大衛像	2010/6/25		《好燙詩刊》vol.1

輯二、黑鐵

篇名	初作	定稿	備註
五月四日曹汝霖府	2005/5/4	2009/7/6 四修定稿	
腳踏車	2005/8/18	2010/3/19	2011/7/3聯合報副刊
災情	2006/7/9	2008/12/10	原題〈晚安II〉
粗藤	2007/1/1	2009/5/1	2010/7/5自由副刊
舊日〔之一〕	2007/5/19	2010/7/18	《幼獅文藝》2007 Sep.
舊日〔之二〕	2007/8/25	2010/1/10	
瑞雪	2007/11/30	2010/1/21	2007/12/27聯合報副刊
明信片	2008/2/23	2009/7/15	
法蘭克福，一九三三	2008/2/26	2012/1/8 三修定稿	2010年道南文學獎現代詩第一名。原題〈一九六九回憶錄〉
虛無	2008/5/29		
如果敵人來了	2008/11/8	2009/2/27	《台灣七年級新詩金典》
青春期	2008/12/25	2009/7/6	《幼獅文藝》2009 Dec.
思想犯	2009/4/29		
畢業典禮	2009/6/13		
提筆	2009/11/25		
暮夏X初秋		2009/12/10	

Die Schlechten fürchten deine Klaue.

Die Guten freuen sich deiner Grazie.

Derlei

Hörte ich gern

Von meinem Vers

Bertolt Brecht,

A“uf einen Chinesischen Theewurzellowen.”

讀詩人14　PG0722

解蔽

作　　者　廖啟余
責任編輯　孫偉迪
圖文排版　楊尚蓁
封面設計　陳佩蓉
封面攝影　黃鈺如

出版策劃　釀出版
製作發行　秀威資訊科技股份有限公司
114 台北市內湖區瑞光路76巷65號1樓
電話：+886-2-2796-3638　傳真：+886-2-2796-1377
服務信箱：service@showwe.com.tw
http://www.showwe.com.tw
郵政劃撥　19563868　戶名：秀威資訊科技股份有限公司
展售門市　國家書店【松江門市】
104 台北市中山區松江路209號1樓
電話：+886-2-2518-0207　傳真：+886-2-2518-0778
網路訂購　秀威網路書店：http://www.bodbooks.com.tw
國家網路書店：http://www.govbooks.com.tw
法律顧問　毛國樑　律師
總 經 銷　聯合發行股份有限公司
231新北市新店區寶橋路235巷6弄6號4F
電話：+886-2-2917-8022　傳真：+886-2-2915-6275

出版日期　2012年4月　BOD一版
定　　價　250元

國家圖書館出版品預行編目

解蔽 / 廖啟余著. -- 一版. -- 臺北市：釀出版,
2012.04
面； 公分
BOD版
ISBN 978-986-5976-00-2（平裝）

851.486 101001528

讀者回函卡

感謝您購買本書，為提升服務品質，請填妥以下資料，將讀者回函卡直接寄回或傳真本公司，收到您的寶貴意見後，我們會收藏記錄及檢討，謝謝！如您需要了解本公司最新出版書目、購書優惠或企劃活動，歡迎您上網查詢或下載相關資料：http:// www.showwe.com.tw

您購買的書名：________________________

出生日期：________年________月________日

學歷：□高中（含）以下　□大專　□研究所（含）以上

職業：□製造業　□金融業　□資訊業　□軍警　□傳播業　□自由業

□服務業　□公務員　□教職　□學生　□家管　□其它____

購書地點：□網路書店　□實體書店　□書展　□郵購　□贈閱　□其他

您從何得知本書的消息？

□網路書店　□實體書店　□網路搜尋　□電子報　□書訊　□雜誌

□傳播媒體　□親友推薦　□網站推薦　□部落格　□其他________

您對本書的評價：（請填代號　1.非常滿意　2.滿意　3.尚可　4.再改進）

封面設計____　版面編排____　內容____　文／譯筆____　價格____

讀完書後您覺得：

□很有收穫　□有收穫　□收穫不多　□沒收穫

對我們的建議：________________________

請貼
郵票

11466
台北市內湖區瑞光路 76 巷 65 號 1 樓
秀威資訊科技股份有限公司 收
BOD 數位出版事業部

（請沿線對折寄回，謝謝！）

姓　　名：＿＿＿＿＿＿＿＿　年齡：＿＿＿＿　性別：□女　□男

郵遞區號：□□□□□

地　　址：＿＿＿＿＿＿＿＿＿＿＿＿＿＿＿＿

聯絡電話：(日)＿＿＿＿＿＿＿＿(夜)＿＿＿＿＿＿＿＿

E-mail：＿＿＿＿＿＿＿＿＿＿＿＿＿＿＿＿